¡A comer!

Escrito por **Ana Zamorano**
Ilustrado por **Julie Vivas**

Traducido por
Susana Pasternac

SCHOLASTIC INC.
New York   Toronto   London   Auckland   Sydney
Mexico City   New Delhi   Hong Kong

En casa somos siete.
Mamá, papá, la abuela y el abuelo,
mi hermano Salvador, mi hermana
Alicia y yo.

Yo soy el más pequeñito y
mamá es la más grande.
Va a tener un bebé.

Todos los días a las dos de la tarde, comemos juntos en la cocina, alrededor de la mesa de madera que hizo papá. Cuando estamos todos, mamá se pone muy contenta.

Papá nos escucha hablar a todos al mismo tiempo.

La abuela nos cuenta del enorme tomate que está creciendo en el jardín.

El abuelo recuerda los tiempos cuando él era un muchachito.

Salvador se escurre de la silla para esconderse bajo la mesa entre nuestras piernas.

Y Alicia hace miles de preguntas. Creo que ella va a llegar a ser la más inteligente del pueblo.

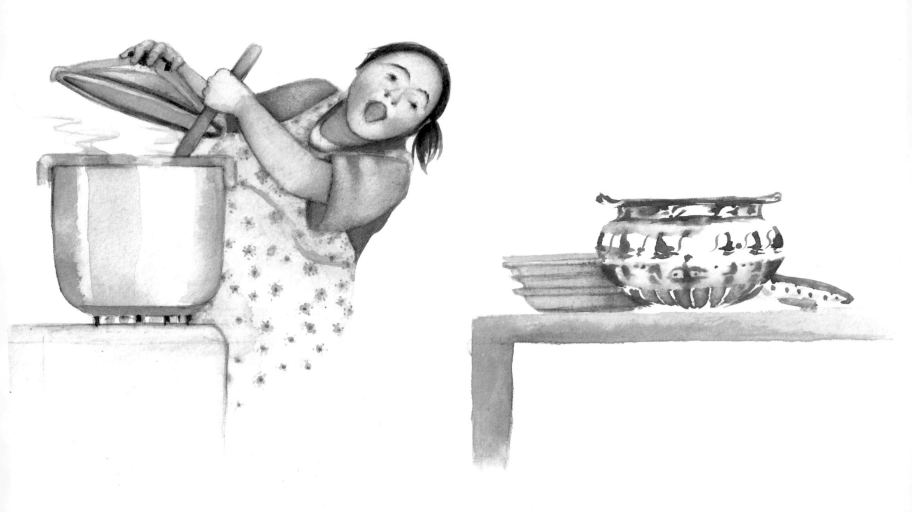

El lunes, mamá llama desde la cocina.
—Antonio, ve y dile a tu padre que venga a comer.
Hoy hay sopa de garbanzos.

Encuentro a papá en la carpintería y me dice:
—No puedo ir a comer ahora. Tengo mucho trabajo.

Nos sentamos a comer sin papá.
—¡Ay, qué pena! —suspira mamá.

El martes, mamá llama desde la cocina.
—Antonio, ve y dile a tu hermana que venga a comer.
Hoy hay empanadas.

Encuentro a Alicia con sus amigas Ana Belén y Cristina.
Están aprendiendo a bailar sevillanas. La mamá de Cristina
bate palmas para marcar el ritmo.

—No puedo ir ahora —dice Alicia—.
Quiero practicar los pasos de este baile porque
las fiestas del verano comienzan la semana
que viene.

Nos sentamos a comer sin mi hermana.
—¡Ay, qué pena! —suspira mamá.

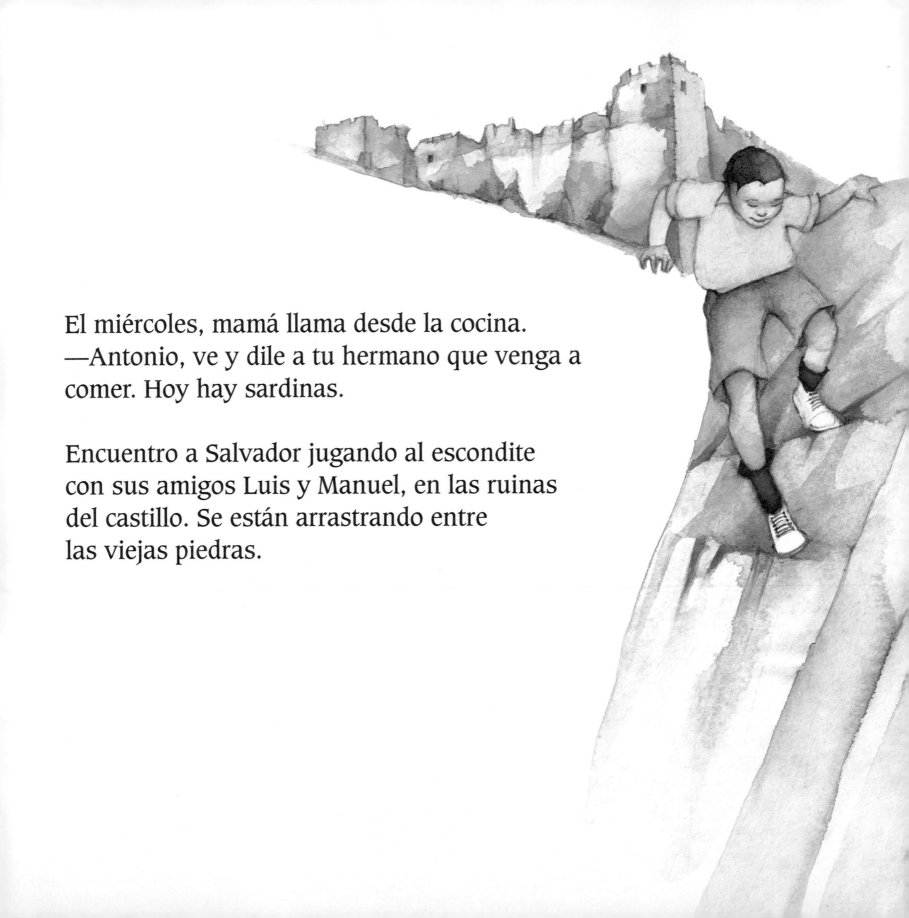

El miércoles, mamá llama desde la cocina.
—Antonio, ve y dile a tu hermano que venga a
comer. Hoy hay sardinas.

Encuentro a Salvador jugando al escondite
con sus amigos Luis y Manuel, en las ruinas
del castillo. Se están arrastrando entre
las viejas piedras.

—¡Shh!... dile a mamá que no puedo ir ahora.
¡He encontrado el mejor escondite del mundo!
—susurra Salvador.

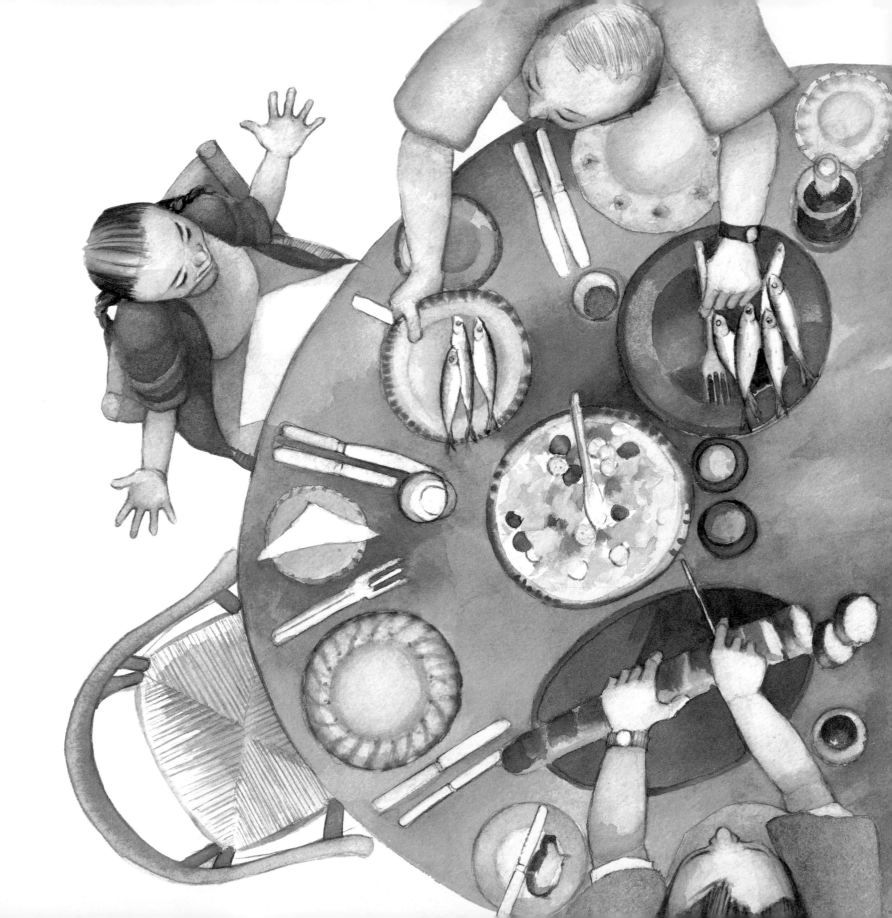

Nos sentamos a comer sin
mi hermano.
—¡Ay, qué pena! —suspira
mamá.

El jueves, mamá llama desde la cocina.

—Antonio, ve y dile a la abuela que venga a comer.
Hoy hay gazpacho.

Encuentro a la abuela muy ocupada en el huerto y me dice:

—Mi querido Antonín, no puedo ir a comer ahora. Estoy
recogiendo los tomates.

Nos sentamos a comer sin la abuela.
—¡Ay, qué pena! —suspira mamá.

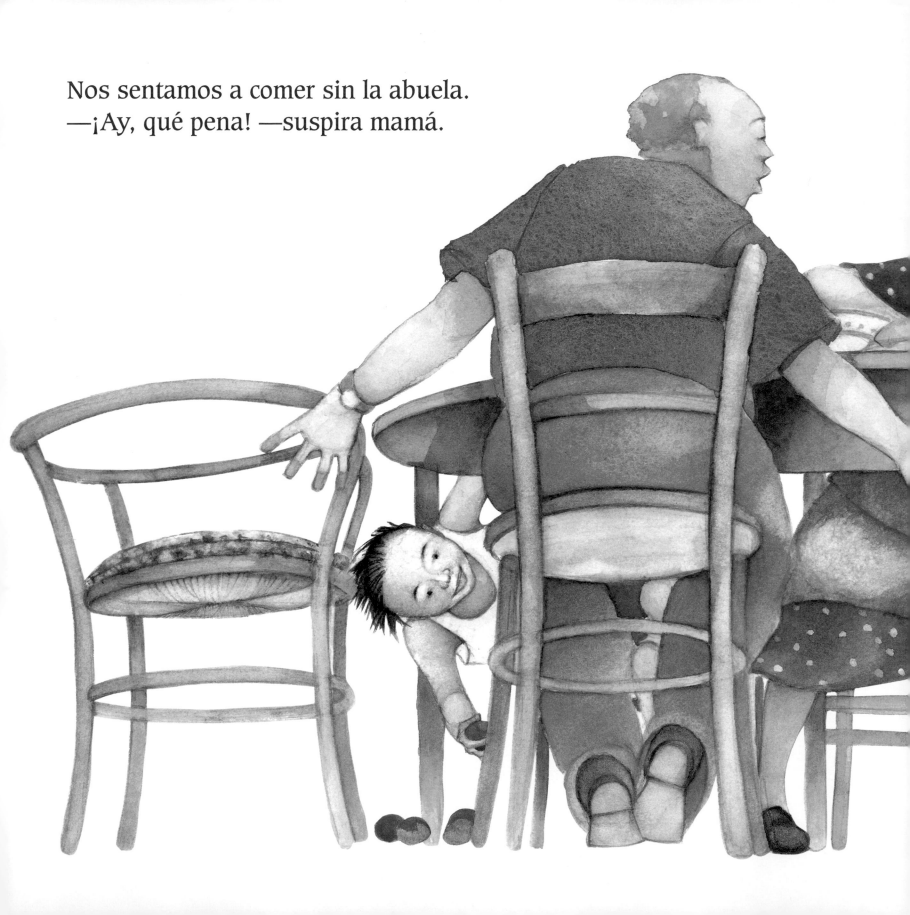

El viernes, mamá llama desde la cocina.
—Antonio, ve y dile a tu abuelo que venga
a comer. Hoy hay pollo asado.

Encuentro al abuelo y a sus amigos en la cafetería y me dice:
—Antonito, pequeñín, no puedo ir a comer ahora. No he
terminado de contar mi historia.

Nos sentamos a comer sin el abuelo.
—¡Ay, qué pena! —suspira mamá.

El sábado nos sentamos todos a la mesa para comer,
salvo mamá. La noche anterior mamá fue al hospital
a tener el bebé. Tuvo una niña.

Estoy muy contento de tener una nueva
hermanita, pero extraño a mi mamá.

—¡Ay, qué pena! —digo suspirando como mamá.
Todos se ríen y yo también.

El domingo de la semana siguiente, mamá vuelve a casa con la pequeña Rosa. Preparamos los camarones, los cangrejos, los calamares, los mejillones y el arroz con azafrán para hacer una paella.

A las dos de la tarde nos sentamos
todos alrededor de la gran mesa de
madera que hizo papá.

Papá hace reír a mamá.
El abuelo nos cuenta de mamá
cuando era bebé.
La abuela dice que va a plantar una
gran calabaza para Rosita.
Salvador se escurre de la silla
y se esconde bajo la mesa y
Alicia hace miles de preguntas
sobre los bebés.

—¡Qué maravilla! —suspira mamá—. ¡Qué maravilloso es comer todos juntos!

Glosario

empanada — un pastel doblado relleno de carne, atún, verduras y hasta dulces.

gazpacho — una sopa de tomates fría que se hace en el sur de España.

paella — un plato de arroz con pollo o crustáceos.

sevillanas — un tipo de baile del sur de España.

bate palmas — marca el ritmo con las manos.

A Pilar, mi abuela española
A.Z.

A la familia Vivas
J.V.

Originally published in English as *Let's Eat*.

ISBN 0-439-07191-7

12 11 10 9 8   6 7 8 9/0

Printed in the U.S.A.
First Scholastic printing, May 1999

Julie Vivas used watercolor for the illustrations in this book.